CATALOGUE

D'ENVIRON

2,000 DESSINS

ORIGINAUX

POUR LES

Voyages Pittoresques et Romantiques

DANS L'ANCIENNE FRANCE

PAR LE BARON TAYLOR

ALBUM DE 100 DESSINS ORIGINAUX

DE VIOLLET-LEDUC

POUR LE MÊME OUVRAGE

134 DESSINS DE DAUZATS, CICÉRI ET MAYER

Pour le *Voyage en Égypte, Syrie, Palestine et Judée*

UN DESSIN D'ALBERT DURER

ESTAMPES MODERNES

LIVRES A FIGURES

FAISANT PARTIE DE LA SUCCESSION

De M. le baron TAYLOR

VENTE

HOTEL DROUOT — SALLE Nᵒ 4

Le Samedi 20 Janvier 1883

À UNE HEURE ET DEMIE PRÉCISES

Mᵉ Maurice DELESTRE	M. DUPONT aîné
COMMISSAIRE-PRISEUR	MARCHAND D'ESTAMPES
Rue Drouot, nᵒ 27	Rue de Seine, nᵒ 21

PARIS — 1883

Ve RENOU, MAULDE et COCK

IMPRIMEURS DE LA COMPAGNIE DES COMMISSAIRES-PRISEURS

Rue de Rivoli, 144.

CATALOGUE (Nᵒ 13)

D'ENVIRON

2,000 DESSINS

ORIGINAUX

POUR LES

Voyages Pittoresques et Romantiques

DANS L'ANCIENNE FRANCE

PAR LE BARON TAYLOR

ALBUM DE 100 DESSINS ORIGINAUX

DE VIOLLET-LEDUC

POUR LE MÊME OUVRAGE

134 DESSINS DE DAUZATS, CICÉRI ET MAYER

Pour le *Voyage en Égypte, Syrie, Palestine et Judée*

UN DESSIN D'ALBERT DURER

ESTAMPES MODERNES

Gravures et Lithographies en lots

LIVRES A FIGURES

FAISANT PARTIE DE LA SUCCESSION

De M. le baron TAYLOR

DONT LA VENTE AURA LIEU

HOTEL DES COMMISSAIRES-PRISEURS

RUE DROUOT, 9, SALLE Nᵒ 4

Le Samedi 20 Janvier 1883

A UNE HEURE ET DEMIE PRÉCISES

—∞∞∞—

Par le ministère de Mᵉ **MAURICE DELESTRE**, Commissaire-Priseur
rue Drouot, 27,

Assisté de **M. DUPONT** aîné, marchand d'Estampes,
rue de Seine, 21.

—∞∞∞—

PARIS — 1883

CONDITIONS DE LA VENTE

—

Elle sera faite au comptant.

Les Acquéreurs paieront CINQ POUR CENT en sus des enchères, applicables aux frais.

Pour les Dessins non signés, nous avons pris le nom de l'artiste sur la lithographie qni reproduit son œuvre.

L'ordre du Catalogue sera suivi.

Ce Catalogue est bien loin de représenter tous les artistes qui ont été les collaborateurs du baron Taylor, pour le grand ouvrage qu'il a dirigé et publié lui-même durant le cours de soixante ans, ces *Voyages pittoresques et romantiques dans l'ancienne France,* dont vingt volumes in-folio maximo ont paru jusqu'à la mort de l'auteur, et qui ne renferment pas moins de *quatre mille* planches, gravures et lithographies.

Ainsi nous n'y retrouvons pas un seul dessin d'Ingres, d'Horace Vernet, de Bonington et d'autres peintres éminents, qui n'avaient pas refusé au baron Taylor le concours de leur talent et l'appui de leur nom, quoiqu'ils ne fussent pas les collaborateurs ordinaires de l'ouvrage. Beaucoup de croquis et de dessins ont été perdus sans doute, mais on peut croire aussi que les dessinateurs et les architectes qui n'avaient fait que des esquisses, les auront gardées après s'en être servis pour l'exécution de leurs lithographies. Ainsi, le peintre Alexandre Fragonard, qui excellait à faire des dessins d'architecture, exécutait lui-même sur pierre lithographique les esquisses au trait que lui communiquait le baron Taylor.

Parmi les pièces plus ou moins importantes qui figurent dans ce Catalogue, on remarque les épures et les plans faits par des architectes de grand mérite, tels que Durand, Questel, Boesvilvald, Gaucherel, etc. ; les vues pittoresques, dessinées par d'habiles paysagistes, tels que

Sabatier, Bichebois, Villeneuve, Monthelier, Tirpenne, Chapuy, etc.; de magnifiques compositions architecturales, composées par des peintres décorateurs, tels que Dauzats, Fragonard, etc.; des marines, des scènes de mœurs locales, des tableaux de genre, esquissés ou finement traités par des peintres qui ont eu beaucoup de succès aux Expositions de peinture, tels que Gudin, Oscar Gué, Mauzaisse, etc.; des costumes, des sujets de fantaisie, des intérieurs, spirituellement représentés par le crayon habile de Grévedon, du général Athalin, de Cicéri, etc.; des dessins archéologiques de Jorand; de vigoureuses pochades improvisées par de bons artistes anglais, tels que Haghe, Harding, etc.; enfin une foule de croquis et de projets à la plume et au crayon, par le baron Taylor lui-même.

Mais ce qu'il y a de plus beau, de plus heureux, de plus extraordinaire, parmi les deux mille pièces annoncées dans le Catalogue, ce sont les dessins de Viollet-Leduc. Ce célèbre artiste est connu dans le monde entier, par ses innombrables travaux d'architecture, mais on ne connaît, de ses dessins, que ceux qui ont été gravés ou lithographiés dans son admirable *Dictionnaire raisonné de l'Architecture française* au Moyen-âge, et dans son superbe *Dictionnaire du Mobilier français*, de l'époque Carlovingienne à la Renaissance. On sait que tous ces dessins, si justes, si corrects, si délicats, si ingénieux, ont été entièrement inventés et exécutés par lui seul. Quant aux splendides dessins originaux de ce maître, que Mérimée appelait « le premier dessinateur du xixᵉ siècle », on ne les a vus qu'à l'exposition des œuvres

d'architecture de Viollet-Leduc, organisée par les soins
de M. Dusommerard, au Musée de Cluny. Ce sont ces
incomparables dessins originaux, qui se trouvent dési-
gnés sous deux numéros du Catalogue, l'un de ces numéros offrant cinquante dessins de décoration architectu-
rale, l'autre numéro présentant la réunion de cent dessins, de la plus grande dimension, à la mine de pl mb,
à la sépia, à l'encre de Chine, qui ont été les modèles
des entours de page, lithographiés à la manière des anciens manuscrits, pour les provinces de la *Picardie*, de
la *Champagne* et du *Languedoc*.

Ces dessins, exécutés de 1830 à 1846, sont des mer-
veilles de composition : jamais l'imagination d'un peintre et l'art d'un dessinateur n'ont réalisé des créations
plus étonnantes, malgré les difficultés inouïes qu'il fal-
lait vaincre pour faire entrer les détails multiples d'un
sujet unique dans un entourage quadrangulaire ayant
à peine deux pouces et demi de largeur. Il y a là des tableaux complets en tout genre : assauts de villes et de
forteresses, combats corps à corps de Romains et de
Gaulois, batailles de Croisés chrétiens et de Sarrasins,
embuscades et mêlées de soldats à toutes les époques de
l'histoire, scènes de pillage et de massacres, cérémonies
religieuses, processions, épisodes de la vie monacale,
assemblées ecclésiastiques, fêtes et pompes féodales,
tournois, cortèges royaux, monuments du moyen âge,
intérieurs de couvent, de citadelle, de prison. d'église,
de palais, etc. Dans plusieurs dessins se déroule toute
la légende du Chien de Montargis; un autre dessin,
le plus étrange de tous, donne le caractère le plus fantas-

tique à une marche triomphale de la Fête des Fous, etc. Rien n'égale la science, la hardiesse, la correction, la beauté, la singularité des études académiques, au milieu desquelles l'artiste semble se jouer de tous les problèmes les plus ardus de la forme et du mouvement dans l'action de l'être humain. Si Viollet-Leduc eût été Italien, au lieu d'être Français, on le comparerait à Baccio Bandinelli, à Michel-Ange, à Benvenuto Cellini, à Marc-Antoine.

Ces dessins sont dignes de figurer avec honneur dans les collections de notre Musée national; ils y seraient depuis longtemps, si le baron Taylor avait consenti à s'en dessaisir; s'il eût accepté les offres réitérées de son ami de Cailleux, qui voulait que Viollet Leduc, en son vivant, prît place parmi les grands maîtres, qui représentent, au Louvre, la suite chronologique des chefs-d'œuvre de l'art du dessin.

Paul LACROIX

(Bibliophile Jacob)

DESSINS

BLANCHARD (P.)

1 — Vues d'Espagne et de Portugal.
Dix dessins à la sépia et à la mine de plomb.

BOESVILVALD

2 — Porte Saint-Didier, à Langres. — Chapiteaux de l'Eglise de l'ancienne abbaye de Morienval. — Anges peints sur l'intérieur des volets du bahut de Noyon. — Plan et détails.
Cinq dessins à la sépia et à la mine de plomb.

CAMBON

3 — Vue extérieure du transept de l'église Saint-Étienne à Caen. — Vue intérieure de la Maison Colas, rue Saint-Jean.
Trois dessins au crayon rehaussés de blanc.

4 — Rue Noble à Morlaix. — Escalier de la Psalette. — Cheminée de la Psalette, ancien évêché. — Vues du château de Clisson.
Six dessins au crayon, rehaussés.

CHAPUY

5 — Cathédrale de Viviers. — Eglise de Conques. Saint-Aventin. — Hôtel d'Assesat, à Toulouse. — Abbaye de Musbach. — Détails d'architecture.

Huit dessins au crayon noir et à l'encre de chine.

6 — Vues de Beauvais. — Cathédrales de Bâle, Fribourg, Lausanne, Berne et Zurich. — Vues de Suisse.

Cinquante-cinq dessins à la mine de plomb.

CICÉRI

7 — Abside de Saint-Pierre de Caen.

Très beau dessin à la plume, lavé d'encre de Chine et rehaussé de blanc.

8 — Vue de Nantes. — Grande Rue Vieille, à Nantes. — Rue de la Poissonnerie. — Château d'Ancenis. — Prison à Hennebon. — Tour d'Oudon.

Six dessins au crayon noir et à la sépia.

9 — Vue de Quimper. — Rue de l'Église, à Quimper. — Ancien Château des ducs de Châteaulin. — Château de Tonquedec. — Cap Saint-Mathieu. — Château de la Roche.

Dix dessins à la pierre noire et au crayon, rehaussés de blanc.

10 — Tour de César, ancien château de Brest. — Recouvrance. — Environs de Brest.

Quatre dessins au crayon noir, rehaussés de blanc.

11 — Rue Notre-Dame, à Morlaix. — Rue Longue-Bourette et autres.

Huit dessins à la pierre noire et au crayon, rehaussés de blanc.

CICÉRI

12 — Vues d'Auray. — Men-hirs de Carnac. — Une rue
à Lannion.

Cinq dessins à la pierre noire, rehaussés de blanc.

13 — Elven-Château (Morbihan). — Château de Susinio.
— Men-hir dans la rivière de Pont-l'Abbé. — Dolmen
de Kermorvan.

Onze dessins à la mine de plomb, la plupart rehaussés de blanc.

14 — Entrée du château de Château-Thierry. - Monu-
ment de Thibaut IV dans la chapelle de l'hôpital, à
Provins. — Tombeau de Saint-Germain d'Auxerre.

Six dessins à la pierre noire et à la sépia.

15 — Vue de Serres (Hautes-Alpes). — Château de
Grignan-le-Pelvoix, val Louise. — Tour de Clau-
sayes, ancien château des Templiers. — Grotte de
La Roche-Courbière.

Six dessins au crayon noir, rehaussés de blanc.

16 — Restes du château de Saint-Nazaire. — Abbaye
de la Trappe d'Aiguebelle. — Eglise de Saint-Resti-
tut. — Citadelle de Montélimart. — Ruines du château de Baumes-de-Transy. — Château de Suze-la-
Rousse. — Tour de Chamaret. — Porte d'entrée du
château de Montbrun.

Neuf dessins au crayon noir, rehaussés de blanc.

17 — Crypte de la chapelle Saint-Laurent, à Grenoble.
— Tour de Champs. — Montagnes de l'Oisans. — La
Dent de Gargantua à Saint-Egrève. — Château de la
Combe de Loncey. — Sommet du Grand-Som. —
Ruines du château des Dauphins, à Beauvoir. —
Château de Sòne. — Entrée des Cuves de Sassenage.
— Ruines de l'abbaye de Prémol. — Sommet de la
montagne des Sept-Lacs.

Onze dessins au crayon noir, rehaussés de blanc.

CLOUET

18 — Vue des ruines de l'abbaye de Beauport. — Détails d'architecture des anciennes cathédrales de Dol et de Tréguier.

Sept dessins à la plume et à la mine de plomb.

DANJOY

19 — Eglise de Saint-Jean-des-Vignes à Soissons. — Eglise de Saint-Pierre au parvis. — Abside de l'église Saint-Léger.

Cinq dessins à la mine de plomb.

DAUZATS

20 — Porte occidentale de la cathédrale d'Autun. — Porte du château de la Roquette, près Montpellier. — Détails du château de Marsillargues. — Vues de Cadix. — Costume de femme, moyen-âge.

Dix dessins à la mine de plomb, à la sépia et à l'aquarelle.

21 — Détails d'architecture et figures gothiques du Musée de Toulouse, du Capitole, de l'hôtel Catelan. — Détails du cloître de Moissac.

Dix-neuf dessins à la mine de plomb.

22 — Espagne. — Détails d'architecture gothique et mauresque, de Batalha, de l'Alcazar, à Séville, du palais de l'Alhambra, de Cordoue, Malaga, Barcelone, Cadix, Jerez, Ajuda, Alcobaça.

Cent onze dessins et croquis à la mine de plomb.

23 — Egypte, Grèce et Asie Mineure.

Deux cahiers contenant vingt et un croquis à la mine de plomb,

DAUZATS ET BLANCHARD

24 — Vues et sujets du *Voyage en Espagne.*

Vingt beaux dessins à la sépia (ont été gravés).

DAUZATS, CICÉRI, MAYER

25 — Collection de cent trente-quatre dessins originaux pour le Voyage en Egypte, Syrie. Palestine et Judée, du baron Taylor.

Très beaux dessins à la sépia (On y a joint la collection des gravures).

DECAMPS

26 — Paysage (vue d'Orient).

Très beau dessin à la pierre noire, rehaussé de blanc.

DIVERS

27 — Album contenant cinq poésies autographes de Casimir Delavigne, Alexandre Dumas. Emile Deschamps et Martinez de la Rosa, plus seize dessins et aquarelles de Viollet-Leduc, Flandrin et autres.

Très bel album in-4 obl. en velours doublé de soie, avec miniature sur le plat.

28 — Portrait de jeune femme en costume de la fin du règne de Louis XIV. — Portrait de Debureau en chiffonnier.

Deux dessins à l'encre de Chine et à la mine de plomb.

29 — Portraits de Martin de l'Opéra-Comique, dans ses principaux rôles; sujets destinés à la décoration du théâtre de.....

Vingt-deux très jolis dessins à l'aquarelle, attribués à Alaux.

DIVERS

30 — Portrait-charge en pied, par Nadar.
Beau dessin aux trois crayons.

31 — Album chinois (Fleurs et Fruits).
Douze peintures sur papier de riz.

32 — Vue de Paris, prise du Pont-au-Change, regardant le Pont-Royal. — Porte principale du château de Cambous. — Tombeau, époque Renaissance. — Vitraux. — Deux Miniatures tirées de manuscrits.
Neuf dessins à l'aquarelle, à la sépia et à l'encre de Chine

33 — Église d'Harfleur. — Église Saint-Leu, à Amiens. — Portail de Saint-Just, près de Saint-Bertrand de Comminges.
Neuf dessins à la mine de plomb.

34 — Vues d'Amiens. — Intérieur de la cathédrale d'Autun. — Ancienne abbaye de Conques. — Abbaye de Trois-Fontaines, près Saint-Dizier. — Ruines de l'église Saint-Thomas, à Beauvais. — Portique latéral et Tour de Saint-Bris. — Tombeau de Robert de Grandmesnil, dans l'église de l'Hôpital, à Vitré. — Tour César à Provins.
Treize dessins à la mine de plomb et à l'encre de Chine.

35 — Ancienne Porte Saint-Pierre, à Amiens. — Vues d'Abbeville. — Château de Combourg. — Notre-Dame de Dijon. — Chapiteaux de l'église Sainte-Croix, à Provins. — Plans et détails.
Vingt-neuf dessins à la mine de plomb et à la plume.

36 — Ruines du château des comtes de la Tour-d'Auvergne, à Fressins. — Prison de Louis-le-Débonnaire, à Saint-Médard. — Porte Saint-Eutrope de la cathédrale de Noyon. — Vue de Briançon. — Détails et plans.
Trente-deux dessins à la sépia et à la mine de plomb.

DIVERS

37 — Ruines de l'église de l'abbaye de Beauport. — Entrée du château de La Fère-en-Tardenois. — Porte Saint-Didier. — Porte des Moulins, à Langres. — Ruines de la chapelle du château de Tallard. — Détails.

Quarante-deux dessins à la mine de plomb et à la plume.

38 — Vue de l'église de Brousseval-les-Vassy. — Chapelle Notre-Dame-des-Endormis à Sissy. — Tombeau de Charles Hémard, évêque d'Amiens. — Intérieur de l'église du Pont-de-l'Arche. — Château de Boves. — Château de Guise. — Ruines du château d'Hesdin-le-Vieux.

Trente-deux dessins à la mine de plomb, rehaussés, à la sépia et à la plume.

39 — Grands Frontispices Renaissance et autres. — Vues de Bretagne. — Meubles. — Chapiteaux. — Statues. — Vues diverses.

Trente dessins à la plume, à l'encre de Chine et à la mine de plomb.

40 — Vues, Fragments d'architecture et sujets divers.

Soixante-dix croquis.

41 — Vues diverses. — Intérieurs d'églises. — Détails d'ornements et d'architecture.

Quatre-vingt-seize dessins et croquis.

42 — Etudes de paysages.

Quarante-cinq dessins au crayon noir.

43 — Vues diverses. — Détails d'architecture des Musées de Toulouse et de Vienne. — Restes du château de Vizille.

Vingt-huit dessins et croquis.

DIVERS

44 — Dessins et croquis divers.

Deux albums.

45 — Vues diverses.

Cinquante calques.

DURAND

46 — Cathédrale de Reims, vue prise des Lavoirs. — Ancienne église Saint-Nicaise.

Deux très beaux dessins au crayon noir.

47 — Ancien hôtel de ville de Châlons-sur-Marne.

Très beau dessin au crayon noir.

48 — Vues de l'église Saint-Laurent, à Nogent-sur-Seine.

Deux beaux dessins au crayon noir.

49 — Portail méridional de l'église de Réthel. — Vues de l'église de Mézières. — Tour de César, à Provins.

Quatre beaux dessins au crayon noir.

50 — Vue générale de l'église Saint-Étienne, à Beauvais. — Vue de l'abside et du transept. — Portail de Saint-Etienne. — Autel en bois dans l'église Saint-Etienne.

Six beaux dessins à la sépia.

51 — Vues intérieure et extérieure de l'église Saint-Germer, en Picardie.

Cinq beaux dessins à la sépia.

52 — Vues de l'église de Marissel, près Beauvais. — Saint-Lazare, ancienne maladrerie.

Trois beaux dessins au crayon noir.

DURAND

53 — Église d'Hermonville. — Église de Nauroy, près de Reims. — Église de Bourgogne. — Église de Binson, près Châtillon-sur-Marne. — Église de Bétheny.

Six beaux dessins au crayon noir.

54 — Façade de l'église Saint-Jacques, à Reims. — Église Notre-Dame de l'Epine, près Châlons-sur-Marne. — Abside de l'église d'Hermonville, près Reims. — Église de Besanne. — Ancien Hôtel des comtes de Champagne.

Douze dessins à la plume et au lavis.

55 — Entourage pour le chapitre Beauvais. — Détails de la cathédrale et de l'église Saint-Etienne. — Détails de l'église Saint-Germer.

Vingt-huit dessins à la sépia et à la plume.

56 — Chapiteaux et Détails de Saint-Rémy de Reims. — Détails et Plans des principales églises de la Champagne.

Quarante dessins à la sépia, à la plume et au crayon.

DUTHOIT

57 — Clocher de la cathédrale d'Amiens. — Vues intérieures de la cathédrale d'Amiens. — Maison rue des Vergeaux, à Amiens. — Tour du Logis-du-Roi. — Tribune et Fonts baptismaux dans l'église Saint-Leu.

Six beaux dessins au crayon noir et à la plume.

58 — Beffroi de Calais. — Eglise de Montreuil. — Sépulcre de l'église Saint-Martin, à Doullens. — Grande salle de l'Hôtel de ville de Saint-Quentin.

Sept beaux dessins au crayon noir et à la plume.

DUTHOIT

59 — Eglise Saint-Jean, à Péronne. — Tour du Beffroi.
— Maison dite de François Ier, rue de la Tannerie, à
Abbeville. — Rétable en bois dans l'église Saint-
Paul. — Eglise Saint-Pierre, à Montdidier.

Cinq beaux dessins au crayon noir et à la plume.

60 — Vues extérieure et intérieure de la chapelle du
Saint-Esprit, à Rue. — Sacristie de l'église Saint-
Pierre.

**Quatre beaux dessins au crayon noir et à la plume, rehaussés de
blanc.**

61 — Vues de l'église de Saint-Martin-aux-Bois (Picardie). — Vues de l'église Notre-Dame-de-Nesles.

Six beaux dessins au crayon noir et à la plume, rehaussés de blanc.

62 — Frontispices de la *Picardie*. Pilori de Beauvais. —
Environs de Clermont. — Environs de Senlis.

Trois beaux dessins à la plume et au crayon noir.

63 — Églises Saint-Etienne et Saint-Sauveur, à Caen.—
Maison de l'ancienne Monnaie.

Six dessins à la plume.

64 — Picardie. — Château de Montreuil. — Château
de Boulogne. — Restes de la Tour d'Ordres, à Boulogne. — Ancienne Porte à Saint-Valery-sur-Somme.
— Château de Ham.

Six dessins au crayon noir et à la plume.

65 — Château d'Ambleteuse, en Picardie. — Château
d'Applaincourt. — Restes du château d'Arguel. —
Ancienne abbaye de Breteuil. — Maison des
Templiers, à Domart-en-Ponthieu et à Eterpigny. —
Ruines du château de Folleville.

Sept dessins à la plume et à la mine de plomb.

DUTHOIT

66 — Château de Dompierre. — Château d'Hardelot. — Château d'Heilly. — Château d'Honvault. —Ruines du château de Lucheux. — Château de Morlancourt. — Château de Picquigny. — Château de Wierre-au-Bois.

> Dix dessins à là mine de plomb et à la plume.

67 — Place du marché, à Roye (Picardie). — Ancienne abbaye de Berthaucourt-les-Dames. — Chœur de l'église de Folleville. — Crypte de l'église de l'ancienne abbaye de Notre-Dame, à Ham. — Eglise du Prieuré d'Airaines. — Tombeau des trois martyrs dans l'église de Sains. — Eglise de Tilloloy.

> Dix dessins au crayon noir et à la plume.

68 — Abbaye de Corbie. — Statues du portail de Saint-Wulfran, à Abbeville. — Fonts baptismaux et reliquaires, église de Saint-Riquier. — Boiseries, Mosaïques, etc. du Musée d'Amiens.

> Onze dessins à la plume et à la mine de plomb.

FRAGONARD Fils

69 — Clochers de Mende, vue prise de l'hôtel Chabert. — Vue du Puy-en-Velay.

> Trois dessins à la mine de plomb et à la sépia.

GARREZ

70 — Eglise Notre-Dame, à Donnemarie. — Crypte de Jouarre. — Eglise de Rampillon. — Tour de César, à Provins. — Détails et plans.

> Onze beaux dessins à la sépia et à la mine de plomb.

GAUCHEREL (Léon)

71 — Eglise de Châteaulin. — Eglise de Fougères. La Tour du Connétable, donjon de Dinan.

Cinq très beaux dessins à la sépia.

72 — Porte Saint-Malo, à Dinan. — Restes des fortifications de l'église de Redon. — Eglise d'Hennebon. — Anciennes tours, à Guérande. — Ruines de Châteaubriant.

Six beaux dessins au crayon noir rehaussés de blanc.

73 — Intérieur de l'église Sainte-Croix, à Quimperlé. — Calvaire de Plougastel - Daoulas. — La Roche Morice. — Pierre tombale de Beaumanoir.

Six beaux dessins à la sépia.

74 — Portes de la ville de Vitré. — Tribune de La Trémouille, au château de Vitré.

Trois beaux dessins au crayon, lavés d'encre de chine.

75 — Les trois Fontaines sacrées, à Saint-Nicodême (Bretagne). — Fontaine de Saint-Jean-du-Doigt. — Sainte-Anne-la-Palue. — Tombeau de Mondragon, sieur de la Palue, près Landerneau. — Calvaire de Saint-Thégonec.

Sept beaux dessins au crayon et à la pierre noire, lavés d'encre de chine.

76 — Ruines du château de Machecoul. — Une rue à Quimperlé. — Maisons de Vannes. — Eglise Sainte-Barbe. — Eglise de Kerfeuntun. — Eglise de Pencran. — Eglise de Plouedern. — Eglise fortifiée de Redon. — Clocher de Saint-Houardon, à Landerneau. — Le vieux château de Pornic. — Maison fortifiée, à Quimper.

Treize dessins à la pierre noire et à la plume, lavés d'encre de chine et rehaussés de blanc.

GAUCHEREL (Léon)

77 — Men-hir au Champ-Dolent, près Dol. — Vue générale du champ de Carnac. — Intérieur de la tombelle dite de César, à Locmariaker. — Dolmens et monuments druidiques.

Neuf dessins au crayon noir et à la plume.

78 — Détails d'architecture, Statues, Frises, Cheminées, Boiseries, Pierres tombales, dessinés en Bretagne.

Trente-deux dessins à la mine de plomb et à la sépia.

HARDING

79 — Ruines de l'église de Berthaucourt-les-Dames (Picardie). — La Tour-sans-Venin, près Grenoble. — Cascade de Sassenage. — Château de Lesdiguières, à Vizille.

Six dessins au crayon rehaussés de blanc.

LASSUS

80 — Porte de l'hôtel Vogüé, à Dijon. — Stalles de l'église Saint-Martin-aux-Bois. — Rétable de la chapelle de la Vierge dans l'église Saint-Germer.

Huit dessins à la plume et à la mine de plomb.

LETELLIER

81 — Eglise de Flavy-le-Martel, en Picardie. — Intérieur de l'église de Ribemont. — Ruines de l'abbaye d'Ourscamps. — Restes des fortifications de Vervins.

Cinq beaux dessins au crayon noir rehaussés de blanc.

LETELLIER

82 — Ruines du château de La Fère-en-Tardenois. — Chambre d'Henri IV, au château de Vaux-Buin. — Restes du château de Cœuvres. — Bas-relief du tombeau de Gabrielle d'Estrées. — Ruines du château d'Auxi. — Panneau d'une verrière, à Saint-Quentin.

Sept dessins au crayon, rehaussés de blanc.

83 — Ruines de la chapelle d'Eparguemaille, à Saint-Quentin. — Abbaye de Saint-Paul-aux-Bois. — Ancien Rétable d'autel, à Caumont. — Détails des stalles de la cathédrale d'Amiens. — Détails de l'église de Conti. — Tombeaux de l'église Saint-Martin, à Laon. — Fonts baptismaux de l'église de Parvillers.

Quinze dessins au crayon et à la sépia.

MATHIEU

84 — Eglise Saint-Marcel, près Montélimart. — Chœur de l'église de Saint-Paul-trois-Châteaux. — Eglise de l'abbaye Saint-Antoine. — Eglise Saint-Apollinaire, à Valence. — Maison du xve siècle, à Valence. — Eglise de Grignan. — Ruines du château de Tallard.

Neuf dessins au crayon rehaussés de blanc.

MAYER (A.)

85 — Intérieur de la cathédrale de Quimper. — Eglise de Pont-Croix. — Eglise de Folgoet. — Abbaye Saint-Mathieu. — Hôtel de ville, à Morlaix. — Maison où est né le général Moreau. — Les Carmélites.

Dix-sept dessins au crayon et à la sépia.

MAYER (A.)

86 — Eglises, abbayes et anciens châteaux en Bretagne.
— Calvaires. — Dolmens. — Détails d'architecture.

Quatre vingts dessins au crayon noir.

MONTHELIER

87 — Cour de l'Hôtel de ville de Noyon. — Vue de
l'église d'Agnest. — Tombeau du cardinal de Forbin-
de-Janson, dans la cathédrale de Beauvais. — Eglise
Saint-Pierre, à Doullens. — Fragment du portail de
Saint-Ayoul, à Provins.

Dix dessins au crayon noir.

OUVRIÉ (Justin)

88 — Vues de Suisse et des Alpes.

Quatorze dessins à la sépia.

PERNOT

89 — Restes d'une ancienne tour, à Joinville. — Vue
d'une partie de Saint-Dizier. — Restes du château
de Saint-Dizier. — Vues des Côtes-Noires.

Dix dessins au crayon noir et à la plume.

90 — Vue de l'église de Puellemontier. — Eglise de
Sainte-Menehould. — Ancienne Maison, à Vertus.—
Le Men-hir ou la Haute-borne de Fontaines. —
Restes du château de Roche. — Chapiteaux et Dé-
tails d'architecture romane des églises de Wassy,
Sommevoire, Orbais et autres.

Vingt-deux dessins au crayon et rehaussés de blanc.

QUESTEL

91 — La Maison-Carrée et les Arènes, à Nimes.
Quatre très beaux dessins à la sépia.

92 — Eglise de l'abbaye de Saint-Pierre, à Vienne. — Chapelle de Notre-Dame dépendant de l'abbaye de Saint-Pierre.
Trois beaux dessins à a sépia.

93 — Vues et plans de l'église de l'abbaye Saint-Antoine, en dauphiné, Marnans, Saint-Paul-trois-Châteaux, Saint-Maurice de Vienne et Saint-Bernard, à Romans. — Fragments antiques dans le Musée de Vienne.
Onze dessins au crayon, à la plume et au lavis.

RAMÉE (Daniel)

94 — Façade principale de l'église Notre-Dame, à Noyon, plans et détails. — Clocher et Abside de Saint-Eloy de Tracy-le-Val.
Six dessins à la plume et au lavis.

ROBERTS

95 — Porte de l'Alcala, à Madrid. — Pont de Tolède.— Cathédrale de Séville. — Cordoue. — Maison du xvᵉ siècle, à Cologne.
Six dessins à la mine de plomb.

SABATIER

96 — Ruines de l'ancien château de Grignan. — Tour de Mᵐᵉ de Sévigné. — Entrée d'un escalier, maison de M. Dupré, à Valence. — Pont gothique, à Nions. — Réfectoire des Chartreux. — Restes du château de Mollans. — Ruines du château de Rochechinart. — Vallée du bourg d'Oisans. — Château de Quéraz.
Douze dessins au crayon, rehaussés de blanc.

SAGOT (Em.)

97 — Vues extérieure et intérieure de l'abbaye du Mont-Saint-Michel.

Trois beaux dessins au crayon noir, rehaussés de pastel.

98 — Intérieur de l'église Saint-Germain, à Argentan. — Intérieur de la cathédrale d'Évreux. — Ancienne Église, à Beaumont-le-Roger. — Eglise de Norrey.— Ancien Évêché de Lisieux.

Six beaux dessins à la mine de plomb et à la plume, rehaussés de pastel.

99 — Vue de l'église Saint-Pierre de Tonnerre. — Eglise de Saint-Jean, à Chaumont. — Château de Chaumont. — Eglise et Fontaine de Bourbonne-les-Bains. — Porte du marché, à Langres. — Cour de l'hôtel de Vaux-Luisant, à Troyes.

Six dessins à la mine de plomb.

100 — Vues et Détails du château de Beaumesnil. — Détails du château d'Ancy-le-Franc. — Ancienne abbaye de Saint-Bénigne, de Dijon. — Plan de l'église Saint-Jacques, à Reims.

Dix-huit dessins à la plume et au lavis.

101 — Chapiteaux, frises et détails d'architecture des églises de Troyes, Noyon, Laon, Saint-Quentin, Saint-Loup, Orbais, Saint-Florentin.

Treize dessins à la mine de plomb.

SÉCHAN

102 — Le Mont Saint-Michel vu sur les remparts. — Le Cloître. — La Crypte. — La Salle des Chevaliers. — Le Vestibule des Voûtes. — Les quatre Portes. — La grande Rue au Mont Saint-Michel.

Onze très beaux dessins à la plume, lavés d'encre de chine et rehaussés de blanc.

SÉCHAN

103 — Portail de l'église Notre-Dame, à Alençon. — Tour de l'église de la Madeleine, à Verneuil. — Église Saint-Martin, à Laigle.

Trois très beaux dessins à l'encre de chine rehaussés de blanc.

104 — Vue de la Chapelle de la Vierge, dans l'église Saint-Pierre à Caen. — Vue de l'église Saint-Étienne-le-Vieux. — Sacristie de l'église Saint-Étienne.

Quatre beaux dessins à l'encre de chine rehaussés de blanc.

105 — Cour de l'ancien hôtel des Monnaies, à Caen. — Maison rue des Capucins. — Cour de la Halle. — Maisons rue Saint-Pierre.

Six beaux dessins à la plume, lavés d'encre et rehaussés de blanc.

106 — Vues et Détails du Manoir du sieur de Valois, seigneur d'Escoville, à Caen.

Six beaux dessins à la plume, lavés d'encre et rehaussés de blanc.

STILLIERRE (C.)

107 — Porte latérale de l'église Saint-Maurice, à Vienne, en Dauphiné. — Intérieur de l'église Saint-André-le-Bas. — Restes des portiques du Forum. — Restes de murs romains le long de la rivière de Gère. — Restes du mur d'échiffre d'un grand escalier romain. — Restes de voie romaine, à Vienne. — Tombeau de Pilate. — Maison de la rue des Orfèvres.

Huit très beaux dessins à la sépia.

TIRPENNE

108 — Vues intérieures de l'église Notre-Dame, à Grenoble. — Église Saint-André. — Grand portail de Saint-Antoine. — Plafond du Palais-de-Justice.

Dix dessins au crayon, rehaussés de blanc.

TIRPENNE

109 — Vues de l'église Saint-Maurice de Vienne et détails.
    Cinq dessins au crayon, rehaussés.

110 — Cloître de la Grande-Chartreuse. — Vues de Briançon. — Château d'Uriage. — Château de Bayard.
    Dix dessins au crayon et rehaussés de blanc.

TRUCHOT

111 — Vues des ruines de l'ancienne abbaye de Longpont.
    Cinq beaux dessins à la sépia.

VAUZELLE

112 — Ruines de l'église de Bresnes, en Picardie. — Château de Meillan. — Intérieur de l'église du village des Bains, au Mont-d'Or. — Statues antiques.
    Six beaux dessins à l'aquarelle.

113 — Vues et détails de l'église de Brou. — Détails du château de Gaillon.
    Neuf dessins à la plume lavés d'encre et d'aquarelle.

114 — Vue de la cathédrale de Laon. — Église Saint-Martin. — Abbaye de Montivilliers. — Abbaye de Saint-Georges, près Rouen. — Château de Saint-Germain-en-Laye. — Château de Fontainebleau.
    Neuf dessins à la plume et lavés d'encre.

115 — Vue du Beffroi de Péronne. — Abbaye de Fécamp. — Cloître de Saint-Jean-des-Vignes, à Soissons. — Vues intérieures de l'abbaye de Maubuisson, près Pointoise. — Vue de la cathédrale de Laon.
    Sept dessins à la plume.

VAUZELLE

116 — Vues et détails de l'église Saint-Ouen, à Rouen.
— Église Saint-Jean. — Palais-de-Justice. — Église
de Louviers. — Cathédrale de Chartres.

Treize dessins à la plume et à la mine de plomb.

117 — Ruines de l'abbaye de Jumièges. — Abbaye-aux-
Hommes, à Caen. — Abbaye-aux-Dames. — Détails
d'architecture.

Douze dessins et croquis à la plume et à la mine de plomb.

118 — Vues, détails et plans du château de Meillan. —
Château de Jacques Cœur. — Château de Bourges.

Vingt-deux dessins à la plume et lavés d'encre de chine.

119 — Vue de la Tour où fut enfermée Jeanne d'Arc, à
Rouen. — Château de Nantouillet. — Ruines du
château de Pierrefonds. — Ruines de l'abbaye de
Longpont. — Château de Coucy.

Soixante dessins et croquis.

120 — Mosquée de Cordoue, architecture et détails. —
Palais de l'Alhambra.

Quatre-vingt-cinq dessins et croquis à la plume et à la mine de plomb.

121 — Vues de Pompéi et d'Herculanum. — Vues
d'Orient.

Trente-neuf dessins et croquis à la plume et à la mine de plomb.

122 — Statues antiques.

Vingt-huit dessins à la plume et au crayon et lavés de sépia.

VAUZELLE ET STILLIERRE

123 — Vues et Détails du château d'Anet et du château
de Gaillon.

**Vingt-trois dessins à la plume et au crayon, lavés d'encre de chine
et de sépia.**

VAUZELLE ET STILLIERRE

124 — Voyage en Italie. — Vues de monuments et détails d'architecture.

Quatre-vingt-neuf dessins et croquis.

VIOLLET-LEDUC

125 — Un Album renfermant cent compositions à la sépia et à l'encre de chine, grand in-fol., signées de Viollet-Leduc et datées de sa main, 1830-1846.

Ces dessins ont été exécutés pour orner et accompagner le texte des provinces de Languedoc, Champagne et Picardie, des *Voyages pittoresques et romantiques dans l'ancienne France*, du Baron Taylor. Elles datent de la période romantique la plus marquée et révèlent l'archéologue et le grand architecte sous un jour complètement inconnu. Le dessinateur, avec toute la fougue de son talent et l'audace de sa jeunesse, fait revivre pour nous le moyen-âge et en retrace les épisodes les plus pittoresques : sacs de ville, auto-da-fé, pendaisons, entrées triomphales, processions, assauts, tournois, cortèges, se succèdent, mouvementés et vivants, évoquant avec une vérité réaliste un passé auquel s'identifiait déjà l'homme qui devait nous rendre dans toute sa fidélité historique Carcassonne et Pierrefonds.

126 — Entourages de différents styles.

Cinq beaux dessins à la plume et au crayon, lavés de sépia.

127 — Frontispice du Dauphiné. — Entourages de pages pour différentes provinces.

Trente-trois dessins à la mine de plomb.

128 — Vignettes et Frontispices pour la Picardie. — Parties d'entourages avec changements.

Dix-sept dessins à la sépia; à l'encre de chine et à la mine de plomb.

Ces trois derniers numéros pourront être réunis.

ALBERT-DURER

120 — Académie d'homme, tenant un serpent d'une main et un verre de l'autre; le corps de face et la tête de trois quarts.

Très précieux dessin à la plume, avec fond en lavis vert d'eau. Signé du monogramme du maître.

ESTAMPES

CALAMATTA

130 — Marthe et Marie, d'après Lesueur.

Belle épreuve.

DECAMPS (D'après)

131 — Ecce Homo, lithog. par Sirouy.

Très belle épreuve avant la lettre, de la collection Moreau.

132 — La Sortie de l'Ecole, en Turquie, lithogr, par Sirouy.

Très belle épreuve avant la lettre, de la collection Moreau.

133 — Marche dans le désert, en Afrique, lithogr. par Laroche.

Très belle épreuve avant la lettre, de la collection Moreau.

134 — Combat de chiens, lithogr. par Sirouy.

Très belle épreuve avant la lettre, de la collection Moreau.

DELACROIX (D'après)

135 — L'Entrée des Croisés à Constantinople, lithogr.
par Sirouy.

Très belle épreuve avant la lettre, de la collection Moreau.

DIVERS

136 — Portrait de Catherine II, impératrice de Russie.
In-fol.

Très belle épreuve.

137 — Collection de tableaux modernes tirés du cabinet
de M. Adolphe Moreau.

Cent dix-huit lithographies in-fol. tirées à 50 exemplaires.

138 — Jeu de cinquante-deux Cartes, avec divers sujets,
gravés d'après les dessins du baron Atthalin.

Suite complète, rare.

DUBOUCHET

139 — Suite de gravures, d'après les tableaux du Musée
de Lyon.

Trente-quatre pièces.

FORSTER

140 — François Ier et Charles-Quint visitant les tombeaux de Saint-Denis.

Très belle épreuve sur chine.

141 — La même estampe.

Deux épreuves sur blanc.

FRANÇOIS (Alph.)

142 — Marie-Antoinette sortant du tribunal révolution-
naire, d'après Paul Delaroche.

Très belle épreuve sur chine.

FRANÇOIS (J.)

143 — Le galant Militaire, d'après Terburg.
Belle épreuve.

GARNIER (F.)

144 — La Vierge aux Balances, d'après Léonard de Vinci.
Très belle épreuve.

GERARD (D'après)

145 — OEuvre de François Gérard, portraits et sujets.
Quinze pièces, belles épreuves.

GÉRAUT

146 — Gabrielle de Vergy, d'après Monvoisin.
Très belle épreuve.

GODEFROY (J.)

147 — Psyché et l'Amour, d'après Gérard.
Très belle épreuve. Quatre exemplaires.

148 — Ravissement de saint Paul, d'après N. Poussin.
Très belle épreuve.

149 — Bonaparte à Jaffa, d'après Gros.
Très belle épreuve. Deux exemplaires.

LECOMTE (N.)

150 — Le Dante et Béatrix, d'après Ary Scheffer.
Très belle épreuve sur chine.

LEFÈVRE

151 — Le Sommeil d'Antiope, d'après le Corrège.
Belle épreuve.

MASSON

152 — Portraits de Ingres, Horace Vernet, Balzac, Rossini et autres.
Sept pièces avant la lettre.

MÉRYAN

153 — Album de vues et de plans des principales villes de Normandie et de Bretagne.

Vingt-quatre pièces, anciennes épreuves.

NADAR

154 — Panthéon-Nadar. Poètes, romanciers, historiens, etc.

Lithographie très grand in-fol.

PELÉE

155 — Le président Duranti, d'après Paul Delaroche.

Très belle épreuve.

156 — La même estampe.

Très belle épreuve sur chine.

PRADIER (C.-S.)

157 — Psyché et l'Amour, d'après Gérard.

Très belle épreuve sur chine.

RAFFET

158 — Costumes de la Grande-Armée.

Vingt pièces, belles épreuves.

TOSCHI

159 — Vénus et Adonis, d'après l'Albane.

Très belle épreuve.

TROYON

160 — Le Passage du Gué. — Le Départ pour la chasse, lithogr. par Laroche.

Deux pièces, très belles épreuves avant la lettre, de la collection Moreau.

VALLOT

161 — Napoléon visitant le champ de bataille d'Eylau.

Très belle épreuve.

WALKER (Edm.)

162 — The Military review the camp at Chobham.

Belle épreuve coloriée.

LIVRES

164 — Voyages pittoresques et romantiques dans l'ancienne France, par le baron Taylor. — Normandie. — Bretagne. — Bourgogne. — Auvergne. — Picardie. — Dauphiné. — Languedoc. — Franche-Comté. — Champagne. — 24 vol. in-fol., la plupart eu feuilles. Chaque province sera vendue séparément.

165 — Voyage pittoresque en Espagne, en Portugal et sur la côte d'Afrique, par J. Taylor. Paris, Gide fils; 1832; 3 vol. in-4, dem.-rel. chag. n. rog., fig. sur chine avant la lettre (2 exemp.).

166 — Le même ouvrage, en petit papier, 3 vol. cart. n. rog. (2 exemp.).

167 — La Syrie, l'Egypte, la Palestine et la Judée, par le baron Taylor et Louis Reybaud, contenant 200 gravures d'après Dauzats, Mayer et Ciceri fils. *Paris,* 1839; 2 vol. in-4, dem.-rel. chag.

168 — L'Egypte, par le baron Taylor. *Paris, Lemaître,* 1857 ; gr. in-8, cart., n. rog. (3 exemp.).

169 — Archives de la Commission des monuments historiques, publiées par ordre de S. Ex. M. Achille Fould. *Paris, Lemaître et Gide, éditeurs*; in-fol, en feuilles. Environ 380 planches et texte.

170 — L'Arménie, la Perse et la Mésopotamie, par Ch. Texier. 1842; in-fol., 92 pl., dont 12 en chromo.

171 — Choix de modèles d'architecture et d'ornementatien, d'après les monuments. *Paris, Lemaître*; in-fol. Recueil contenant 27 pl.

172 — Atlas de choix ou Recueil des meilleures cartes de géographie anciennes et modernes. *Paris, Andriveau-Goujon*; 1 vol. double in-fol. cart.

173 — Sous ce numéro seront vendus environ vingt lots de gravures et lithographies. Sujets de genre, paysages, marines, vues de France et étrangères, vues de monuments gothiques, études d'ornements et d'architecture, armes du moyen-age, vitraux, meubles, tableaux héraldiques, plans restitués du vieux Paris, etc., photographies.

174 — Plusieurs grands portefeuilles.

Ve RENOU, MAULDE et COCK, imprs de la Compagnie des Commissaires-Priseurs, rue de Rivoli, 144.   34308